新人営業マン奮戦記

佐野 力
Chikara Sano

文芸社

第一章　ニューフェース

嘘だろう！　こんなこと今時やるの。はち巻きをして、拳を握りしめて……

「エイエイ　オー」

「エイエイ　オー」

「エイエイ　オー」

今日は、新入社員研修セミナーの三日目。

「気合入りましたか。皆さんは営業マンになられる方々です。営業は、対人折衝に尽きると言っても過言ではありません。いろいろな人に会って、仕事をしなければなりません。そこで今日は、その訓練のため、皆さんにアンケート調査をやっていただきます。アンケートの内容は、特に難しいことはありません。それぞれの人の将来の夢や目標について聞いて下さい。対象は、会社や商店、個人を問いません。セミナーの終了式は明日の午前中ですので、今日はいくら遅くなってもかまいません。それでは、気をつけて出掛けて下さい」

セミナーを主催しているコンサルタントから挨拶があった。地区割り表と、アンケート用紙五十枚を受け取って出発した。

セミナーの参加者は、三十二名だった。初日は、十キロマラソン。ほとんど歩いていた。運動音痴の僕には、気が遠くなるほど長い距離だった。かなりへばった。しかし、僕より遅いのが二人もいた。初日に、全部体力を使い切った気がした。

二日目は自己確認・改革ということで、午前中は、自分の短所を五十挙げて発表させられた。泣きながら発表している奴もいた。僕は、優秀でないことは分かっている。それでも、改めて自分の短所を五十紙に書いて発表すると、さすがに自己嫌悪に陥った。午後からは、自分の長所を五十挙げて発表した。これは、なかなか挙げられるものではない。眉毛が綺麗だとか、肌が綺麗だとか、視力が良いとか、思いつくことをなんでも書いた。案外、自分にも良いところがあるものだと不思議に思った。

僕は、山本夕介二十二歳。今年の三月、仙北市にある私立大学を卒業した。その私立大学を、駅弁大学と言う人もいる。

不景気で就職難と言われていたから、早くから就職活動をしていた。新入社員を募集する企業自体、例年になく少なかった。それでも、九社受けた。ある衣料品販売のチェーン店では、アルバイトのことを評価され、二次試験までいった。しかし、郵送されてきたのは不採用の通知だった。また、電気製品の量販店では、ロールプレイングといって模擬的に接客する試験があった。アルバイトで、ある程度慣れていたからうまくできた。かなり期待していたが、だめだった。内定は一つも取れなかった。それでも叔父のコネで、どうにか就職できた。

仙北市にある青葉機工株式会社である。

青葉機工は産業機械からメンテナンスパーツ、その他工場で使用するものはなんでも取り扱っている商社だった。従業員三十五人。年商二十億。東北地区の業界では、中堅規模といったところだろうか。僕は、その城南営業所に配属された。

入社早々の業務命令が、新入社員研修セミナーに参加するようにということだった。所長からは、

「会場は、仙都ホテル。仙北市では一番良いシティホテルだ。なかなか行く機会もないだろう。気楽に行ってくるように。今年、本社に入ったもう一人も出るそうだから」と言われた。

本社に入ったもう一人は、穐田由雄といって国立大学を今年卒業し、入社試験はトップの成績だったようだ。幹部候補生らしい。彼は研修会場に黄色いスポーツカーでやって来た。向こうから声をかけてきた。敵わない感じがした。彼のことは気にしないで、マイペースでやって行こうと思った。

冗談じゃない。これじゃ、まるで「地獄の特訓」じゃないか。何かの雑誌で読んだことがある。朝の通勤通学で混雑している駅前に立って、来る人来る人に「お早うございます」と、大声で挨拶したり、見知らぬ家を訪ねてトイレ掃除をしたりする訓練を見た記憶がある。

「すみません。アンケートに協力していただけませんか」

「なんだ、いったい。あんた、新興宗教か？　帰れ！」

「いや、そうじゃないんです。どうかアンケートに……」

もうちょっとで、足に水がかかるところだった。後片づけのじゃまになったのかもしれない。豆腐屋さんの次に、日本茶の販売店に入った。

「あのー、奥さん。アンケートに協力お願いします」

「アンケートとかなんとか言って、何かの売り込みなんでしょう」

「い、いいえ違います」

「忙しいから帰って！」

とほほ、先が思いやられる。靴の販売店があった。中を覗くと、ほとんど客が入っていない。

「ごめんください。あのー、アンケートに協力お願いします。新入社員の研修なんです」

「なんのアンケートですか？」

「あなたの将来の夢や目標は、なんですか?」

「夢? ありますよ。自分の作った曲でメジャーデビューして、プロになること。それで、今バイトしながら練習しているんです。夜、通りでパフォーマンスしてます。今度、見にきて下さい」

「あっ、そうですか。頑張って下さい。ありがとうございました」

髪が赤かった。プロを目指すストリートミュージシャンだ。

今日は土曜日、会社は休みのところが多いはず。とにかく件数を稼ごう。歩いている人にも聞いてみよう。

「あのー、アンケートに協力してもらえませんか」

「キャッチセールスでしょう! やーだ」

「違いますよ。あー」

行っちゃった。女子高校生に、キャッチセールスと間違えられた。

「すみません、アンケートに協力お願いします」

スーツ姿の年配の男性にお願いした。

「これはなんですか？」

「新入社員の研修なんです」

「あーそう、大変だね。どういう内容ですか」

「あなたの将来の夢や、目標はなんですか？」

「将来というより、今が大切。不景気だからね。資金繰りが大変！　とにかく、会社続けていかないとね。従業員の家族のこともあるし……それじゃ」

「ありがとうございました。どうも……」

今の人、きっと会社の社長だ。

「あのー、おばあちゃん。アンケートに協力お願いします」

「アンケートってなんだ？」

「質問しますから……お願いします」

「なんで質問すんだ」

あー、だめだ。

「おばあちゃん、もういいです。すみませんでした」

「あのー、すみませんがアンケートに協力お願いします」

ＯＬと思われる人にお願いした。

「新入社員の研修なんです。なんとかお願いします」

「少しならいいわよ」

「ありがとうございます。あなたの将来の夢や目標は、なんですか？」

「近い将来、自分のお店を持ちたいの。それで、昼も夜も働いているわ。現在の夢は、休みがほしいことかしら」

「あっ、そうですか。頑張って下さい。ありがとうございました」

どうにか五十件終わってホテルに戻った。十六時四十分だった。朝九時に出発し、本当に疲れた。度胸がつくどころか、落ち込んだ。木曜日から始まった新入社員セミナーは、日曜日の朝、ようやく修了証書を受け取って終わった。本社の穐田君とは、軽く会釈を交わして別れた。

自宅に帰る地下鉄の中、眠くてどうしようもなかった。セミナー期間中は、疲れているのに、次の日のことが心配であまり眠れなかった。駅から自宅までは、歩いて二十分くらい。今日はやけに長く感じる。今日はずいぶん暖かい。もう少しで桜が咲きそうだ。咲きそろうと、桜のトンネルみたいになる。

「ただいまー」

「お帰り。どうしたの夕ちゃん、眼の下にクマができているわよ。何してきたの?」

珍しく母さんがいた。生命保険の仕事をしているので、日曜日も家にいない時が多い。

「何って、新入社員の研修があるって言ったろう」

「大変だったのねえ、大丈夫?」

「精神的にまいったっつう感じ」

「何か食べる？」

「ううん、いらない。ちょっと眠るから」

本当だ。鏡を見ると確かにクマができていた。それからどれくらい眠ったのだろうか、妹の呼ぶ声で目が覚めた。

「兄貴、会社行かないの？」

「会社？　今日は日曜日だろう」

「あのねえ、月曜日の朝の六時なの」

「えー、ずうっと眠っていたんだ」

「夕飯の時に起こそうとしたんだけど、あんまりぐっすり眠っているからそのままにしておいたの」

妹は、「めぐみ」という。四月から歯科技工士養成の専門学校に通っている。学費は、僕を見倣ってか、アルバイトで賄うという。明るい元気な子だ。

父さんは、僕が高校一年の時に交通事故で他界した。無口な人で、父さんとはあまり話した記憶がない。小学生の頃、何度か父さんとキャッチボールをしたが、父さんはそれほどでもなかった。僕が運動音痴なのは、きっと遺伝だ。そういうことにしよう。

また、家族揃って旅行した記憶がない。僕の小さい頃は、貧しかったからだろう。たまに出かけるといえば、デパート。注文したものがやけに遅いデパートの大衆食堂のことを、今でも妙に憶えている。

父さんは中学校卒業後、ずうっと自動車関連の工場に勤めていたと聞いている。父さんと母さんは、見合い結婚だったようだ。詳しく聞こうとすると、母さんは嫌がってすぐ怒りだす。父さんはハンサムだったので、母さんのほうが好きになったのかもしれない。父さんは、学歴に対してコンプレックスがあったのだろうか。僕の大学進学を望んでいたことは確かだった。しかし、僕はあまり成績が良くなかったし、お金も大変だろうと思って、大学へ行くつもりはなかった。

母さんから、「入学金だけは出してあげるから、自分の力で行きなさい。父さんも喜ぶよ」と言われ大学受験した。猛勉強したが、国立大学には入れなかった。どうにか、仙北市にある私立大学に入学した。

学生時代は、アルバイトに明け暮れた。スーパーマーケットやトラックの運転助手、食品工場で働いた。どれも肉体労働で、慣れるまで体はきつかったが、金になった。アルバイト先では良くしてもらった。スーパーマーケットでは、授業に出ることを優先してくれた。

大学での専攻は経済学。経済学科の必修科目、専門科目、出席をとる語学の授業には必ず出た。単位を落とさないよう、試験の前には必死で勉強した。成績は良くなかったが、追試を受けることはなかった。

また、大学ではフォークソングのサークルに入っていた。毎日練習できなかったが、週一回は必ず練習した。歌の上手な友達と組んで二人組のバンドを結成した。

名前は、［おたまじゃくし］といった。［おたまじゃくし］は、友達が週刊誌を見ていて思いついた。可笑しくて、僕もすぐに賛成した。僕は、リードギターを担当した。

大学祭では僕らのサークルは、フォーク喫茶をひらいた。［おたまじゃくし］もライブ出演した。♪いつものように、♪思い出のスケッチ、♪追想録、♪夢を追い続けて、などのオリジナル曲をレパートリーにして、［おたまじゃくし］は、けっこう人気があった。

「兄貴、御飯！」

身支度をしていたら、めぐみの呼ぶ声がした。急いで下に降りた。充分すぎるほど眠ったので、すっきり爽やかだ。

「お早う」

「お早う」

「ラッキー……いただきます」

朝食は、僕の好きなものばかりで良かった。母さんの作る玉子焼きは最高だ。ほんのり甘くて、ちょっと醤油をかけて食べる。美味い。御飯がすすむ。手作りの白菜漬は、程良い塩加減だ。味噌汁は、大根の千切りとジャガイモ。今日の組み合わせがいちばん好きだ。御飯をお代わりした。満足した。

「行ってきまーす」

「気をつけて行ってらっしゃい」

会社の城南営業所へは、車で通勤することにした。車は、安い中古車を買った。給料を貰ったら、貯金して新車を買いたい。通勤時間は、朝は渋滞がひどく普通四十分くらいの距離が、一時間以上かかる。城南営業所には、山崎所長、業務の橋本さん、営業の後藤主任、井上さん、経理の菊田さんの五人がいる。

「お早うございます」

所長はいつも早い。工業新聞を読んでいる。

「セミナーに行ってきました。これが、終了証書です」

「ご苦労さん、どうだった」

「大変だったです。マラソンしたり、アンケート調査をさせられたりしました」

「来年から止めるように、本社に言っとこうか?」

「えー……」

「冗談だよ。外部のセミナーを使って新人教育するのは、今年初めてなんだよ。二、三日の間に報告書を出すように」

「はい、分かりました」

毎週月曜日は、簡単な朝礼がある。朝礼が終わると先輩の営業マンは、一週間の営業活動予定を立てているようだ。客先へアポイントを取っている。それから、納品準備をしたりオーダーしている部品の納期確認など、月曜日の朝は特に忙しい。まだ僕は営業見習いなので、所長からその都度指示されることをしている。

「山本君、今週は橋本さんと一緒に棚卸をするように。勉強になるから。三月決算で棚卸したんだが、ずいぶん合わないのがある。不明なものも多いので、本社から確認要請がきている。頼んだよ」

「はい、分かりました」

青葉機工の本社営業部は、産業機械の販売が中心。自動生産ラインの商談があれば、本社営業部が窓口になる。

青森県、秋田県、岩手県をテリトリーとしているのが、岩手県にある北方営業所。仙北市にある城南営業所は、宮城県、福島県、山形県をテリトリーとしている。

ところで、僕の叔父の青葉機工へのコネについて話しておこう。僕の叔父は本社が東京にある大手半導体メーカーの東北工場に勤務している。製造課長である。青葉機工の先代社長の大学の後輩で、東北工場立ち上げ時には、先代社長にずいぶんお世話になったらしい。今でも、数千万円する自動倉庫システムや、一台当たり二千万円するハンドラーの定期的購入時には、青葉機工が取引窓口となる。叔父の勤めている半導体工場では、今年度の新卒は、技術系しか採用しないということで、青葉機工に推薦してもらったのであった。城南営業所のテリトリー外のことなので、所長以外は詳しい事情を知る人はいない。

「あー、痛い。どうもすみません」

上の棚にあったケースを取ろうとして、踏み台から転げ落ちた。部品をばらまいてしまい、それが頭に当たった。痛い。

「山本君大丈夫か。怪我しなかったか。気をつけるようにね。この部品は、ベアリングといって一個ずつ箱に入っているから傷も付かないだろう。価格も一個百円くらい。物によってはね、一個何千円や何万円という部品がある。金額的な損失はもちろんだが、作るのに三十日から六十日も、納期が掛かる物がある。お客さんに、納入できなくなったら大変なんだよ」

「どうもすみませんでした。あのー、橋本さんは勤めてどれくらいになるんですか?」

「工業高校を出てから四十年。もうすぐ定年さ」

「そうなんですか」

「いろんな意味で会社のことは、私が一番詳しいんじゃないかな。なんでも聞いてくれ。山本君、経理の菊田君二十八歳なんだけどなかなか色っぽいだろう。営業本部長と噂があるんだ」

「えー、不適切な関係ですか」

「……本部長は、菊田君を通じて城南営業所の情報を取っている節がある。本部長と山崎所長は、同期入社でライバルだった。本部長になった今でも、山崎所長のことが気になるんだろうな。それに、今の社長は二代目で三十八歳とまだ若い。先代社長の娘婿だ。先代社長が蜘蛛膜下出血で急死してしまったため、当時北方営業所の所長をしていた今の社長が、急遽社長になった。本部長は、メーカーからリベートを取っているとか何かと黒い噂が多いが、産業機器全受注の三分の一は本部長が一人で取っている。社長は誠実な人だ。不正なことは人一倍嫌うが、本部長のことは、今のところ手をつけられないでいる」

いろいろあるんだなあ。

突然、所長が倉庫にやって来た。

「山本君、今週の金曜日の夜君の歓迎会をやるから、時間を空けておくようにね」

所長は、橋本さんに同意を求めながら僕に言った。

「あのー」僕は、あまりアルコールが強くなかった。

「心配するな。無理矢理飲ませたりしないさ。皆、適当に楽しむから大丈夫だよ。懇親会だと思って、気楽に……」

「ありがとうございます。よろしく、お願いします」

所長が事務所に戻ってからも、棚卸をしながら橋本さんの話を聞いた。青葉機工の会社案内によれば、今から四十五年前に、先代の社長が個人商店として創業した。五年後に、有限会社として会社設立した。その時に、橋本さんは入社したようだ。一期生である。

橋本さんは、社長は物凄く厳しい人で、何度辞めようかと思ったか分からないと、言っていた。業界のことや商品のことは、なんでも知っていて生き字引のような人だ。その人が何故、今までなんの役職もなく平社員でいるのか不思議だ。そのことを聞くと、急に無口になり、何も話さなくなった。

「山本さん、ちょっと……」

菊田さんに呼ばれた。

「年金手帳と、健康保険証を渡します」

「ありがとうございます」

「失くさないようにね」

「はい」

「どうかしたの……」

「いいえ、ありがとうございました。倉庫に戻ります」

さっきの話を思い出して、じっと見つめてしまった。ナイスバディーで、色白の美人だ。

歓迎会は、仙北市内の居酒屋で行われた。皆楽しく飲んだり食べたりした。学生の一気飲みコンパとは全然違った。

フォークソングサークルのコンパは、恐ろしかった。飲み始めて三十分くらいすると、何人かは倒れた。社会問題にもなった、先輩が後輩に対して一気飲みを強要することはなかったが、酒量を無視した暴れ飲みだった。僕は、いつも介抱役に回っていた。

そんな学生時代の飲み会を思い出しながらボンヤリしていると、

「山本君、二次会へ行こうね」

菊田さんが話しかけてきた。酔うとさらに色っぽかった。可愛いらしい感じになる。橋本さんに注意事項を聞いていたので、

「皆が行くのでしたら、僕も行きます」

「二人じゃいやなの？」

と、菊田さんがしなだれかかってきた。このままの状態でも良いけれど、やっぱ

りまずい。橋本さんが気づいてくれた。

「菊田君、あまり若い子をからかっちゃだめだよ」

「何言っているの、橋本さん。山本君って、本当に可愛い！」

かなり酔っている。ひとまずお開きにして、菊田さんをタクシーに乗せた。

その後、橋本さんも帰った。

二次会へは、所長と後藤主任、井上さんと僕の四人でスナックへ行った。そのスナックは、国武町の繁華街にあり、飲み屋ばかり入っているテナントビルの五階にあった。所長の行きつけの店らしい。ママは綺麗だし、二人の女の子もけっこう可愛い。大人の世界は違うなあ。所長がボトルキープしているウイスキーを、御馳走になった。

「山崎さん、こちら初めてよね」

「そう、ニューフェースの山本君。今日は、彼の歓迎会。彼、あまり酒強くないからさ、お手柔らかにね」

「どうも……」

水割りを薄く作ってもらった。僕は、こういう店は初めてだったので、少し緊張していた。先輩二人は、次から次へとカラオケで歌っていた。

「山本さんも何か歌って……」

「山本君、フォークソングやっていたんだろう。腕前みせてよ……」

僕にもマイクが回ってきたので、サザンオールスターズの「TUNAMI」を熱唱した。

今日はずいぶん調子が良い。気持ち良く歌い終わった。しかし、後藤主任と井上さんは爆笑していた。ママや女の子たちは、手で口を押さえながら笑いを堪えようとしていた。ギターには自信があるが、やっぱり、僕は歌はだめだ。サザンの桑田さんのようにはいかない。音痴ではないがかなり下手だ。

でも、今日は本当に楽しい。帰り道が所長と同じ方面だったので、自宅の近くまでタクシーに同乗させてもらった。その夜は、久々にぐっすり眠った。

今日は二十五日、初めての給料日である。朝一番に、所長から各社員に渡された。銀行振り込みなので、給料明細書だけである。大学時代のアルバイト代は現金だったので、何か変な感じがする。正直なところ、初めての給料という特別な感慨はなかった。

お昼休みに銀行に行って、家に入れる生活費と、僕の小遣いを引き出した。家に帰るとすぐ、給与明細書と生活費を母さんに渡した。母さんは、

「ご苦労様、父さんに見せなくちゃ……」

と言って、それらを仏壇に上げ、手を合わせていた。

手取り二十万円弱、半分の十万円を生活費として家に入れる。残りは自分のために使う。しかし、車を買い替えなくてはいけないので、全部は使えない。二万円貯金することに決めた。

得意先から営業マンへは、さまざまな課題が出される。先輩たちは、テーマによ

ってはベテランの橋本さんに相談している。

この前は、「搬送レールの摩耗が激しく、その対策がテーマ」であった。流れるワークの材質は、セラミックの中のアルミナで非常に硬い。レールの仕様は、焼入れしたハイス鋼。橋本さんは担当営業に、レールの材質を超硬合金に替え、その上にさらにＤＬＣ（ダイヤモンド・ライク・カーボン）コーティングする方法を、客先に提案するようアドバイスした。超硬合金の硬度は、ビッカースで１６００、ハイス鋼の約二倍。ＤＬＣコーティングは、ビッカースで５０００。超硬合金の約三倍。

膜厚は千分の一ミリと薄いが、結晶はアモルファス構造のため非常に滑りが良い。実際に、一台約八万五千円の試作品を納入した。従来に比べ部品寿命が十倍延びたという評価を得た。その結果、四十台計三百万円の受注となった。

またある時は、「絶縁部品の摩耗対策がテーマ」であった。従来品は、樹脂製でジュラコンという材質。すぐに摩耗してメンテナンスが大変だということであった。

橋本さんは担当営業に、材質をセラミックに変更することを、客先に提案するようアドバイスした。セラミックの中でも、強度が高いジルコニアにするようにということだった。試作の結果、やはり良好。ほとんど摩耗が見られなかった。三千個、計六百万円の受注となった。

僕は高校、大学と文科系だったので、機械や部品のことはほとんど知らなかった。その都度、橋本さんからカタログや資料を使って教えてもらえることは、幸運なことだった。本当に有難かった。材質のこと、表面処理のこと、機械加工のこと等々必死になって勉強した。分からない点は、そのままにしないで必ず質問した。そうすると、さらに分かりやすく噛み砕いて教えてくれた。橋本さんは詳しかった。

また、客先へ納める部品があれば、発送前に現品を見せてくれた。客先の業種、生産品目に対してどういう目的の部品なのか、現品を見ながらのレクチャーは、非常に参考になった。僕は、メモを取りながら聞いた。少しずつエンジニアリングセールスの知識を身に付けていった。

第二章 オン・ザ・ジョブトレーニング

「山本君、今月から先輩営業と同行して営業の勉強をするように」

十月に入った月曜日の朝、所長から指示された。先輩営業の井上さんに同行するようになった。

「井上先輩、よろしくお願いします」

「こちらこそよろしく。ところで、私を呼ぶ時は名字だけでいいからね」

「はい分かりました」

「今日は、ちょうど大量納品がある。まず、これを車に積もうよ。くれぐれも、腰を痛めないようにね」

非常に重い。一ケース約二十キロだそうだ。三十ケース、ワンボックスカーに積んだ。

「井上さん、これ全部で何百万円の売上になるんですか」

「三十万円弱だよ」

「えー……」

「ドットプリンター用のシャフトなんだけど、プリンターが安くなっているからね。それに、インクジェット式が主流なので注文も少なくなってきているんだ」

道すがら、井上さんからいろいろと教わった。今は有名なOA機器メーカーでも、自社工場で製造しているとは限らない。EMS（エレクトロニクス・マニファクチャリングサービス＝電子機器製造の受託サービス）メーカーで製造しているケースがあるということだ。

人件費の高い日本では、新製品の開発や設計だけを行い、製品はコストの安い海外のEMSメーカーで製造する。メーカーでありながら工場を持たない、そんな時代がやがて来るのかもしれない。道理で安い訳だ。パソコンとプリンターのセットで、十万円をはるかに切っている。

僕も、大学生時代にアルバイトをしてパソコンを買った。初期設定からプロバイダー契約、インターネットの通信設定、取り扱い説明書を見ながら悪戦苦闘した。アルバイトで疲れているのに、朝方になるまで夢中になっていた。初めてEメールができるようになった時は、本当に嬉しかった。

会社に入ってからも、報告書はワープロ機能を使って作成している。字の下手な僕にとっては、欠かせないものだ。

約二時間で、隣の県の得意先であるプリンター工場へ着いた。大層重かったが、無事納品を終えた。

昼食は、次の得意先へ行く途中の喫茶店でとった。日替わりランチがあって、それを頼んだ。ハンバーグに目玉焼き、ポテトサラダも付いていた。僕は、ハンバーグが好きなのでラッキーだった。それに美味しかった。コーヒー付きで六百八十円は安い。

「井上さん、さっきの話なんですけど、将来日本には、電子機器の生産工場がなくなるということですか？」

「限りなく、少なくなるんじゃないのかなあ。以前から言われている産業の空洞化については、山本君も知っているだろう。実際ここ数年の間、量産工場は人件費の安い中国へどんどん移っている」

「我々の仕事は、どうなるんですかね」

「どうなるんだろうな。我々も、海外へ行くか?」

「えー……」

次の得意先までは、一時間半くらいかかった。

「いつもお世話になっております。青葉機工の井上です。製造の長島課長にお会いしたいのですが」

「約束ありますか?」

「はい、アポイントいただいております」

可愛い顔をした事務員だが、物言いはつっけんどんだ。

「食堂でお待ちください」

従業員用の大きな食堂で待っていた。しばらくすると、年配の方が何か部品を手に持ってやって来た。

「やー、井上さん。ちょど良かった。この金型ね、ＤＬＣの上のグレードで、なんていうコーティングでしたかね？」

「スーパーコーティングですか？」

「そう、それ大至急お願いしますよ。ＤＬＣコーティングもまあまあ良いけど、この前の説明だとスーパーコーティングが良さそうですね。試作してみますから」

「ありがとうございます。それから今日は、今年入社した新人と一緒に訪問させていただきました。研修中です。よろしく、お願いします」

「山本です。よろしくお願いします」

緊張しながら名刺交換した。挨拶が終わると井上さんが話し始めた。

「御社は、お忙しいようですね。他の電子部品メーカーは、非常に悪いです」

「ある製品が、極端に忙しいだけなんですがね。土、日返上して生産しています。それでも、材料が予定どおり入らなくてなかなか数が上がらないんです」

「製品は、アルミニウム製のドラムですか？」

「小径サイズでね、小型のコピー機用。山本さん知ってますか？　今は、コピーができて、カラープリンター、スキャナーにもなる一台三役っていう優れもの」

長島課長に質問された。

「はっ、はい。一度テレビショッピングで見ました。あれに使われるドラムなんですか？」

「例えば、ああいう物です。内緒ですよ。それで、金型をできるだけ長くもたせたいんです。スーパーコーティングのほうが良ければ、青葉機工さんへもっと注文出せるようになるでしょう。それじゃ、頼みましたよ」

「はい、お預かりします。後で、納期回答します。ありがとうございました。失礼します」

井上さんから後で教えてもらったが、この東洋伸管ではＤＬＣコーティングを他社から購入していて、スーパーコーティングの試作結果次第であるが、販売チャンスであるとのこと。地道にＰＲしてきた甲斐があったと、喜んでいた。

また、この工場はアルミニウムを引き抜き製法で、コピー機のドラムなど円筒状の製品に加工している。その技術は高度で、できるところは日本中で数えるほどしかないそうだ。特殊な技術があるところは、不景気な時でも強いようだ。安定した生産をしている。

営業所へ戻ろうと車を走らせていると、井上さんの携帯電話が鳴った。着信音からするとEメールだ。業務連絡が入った。通常、「会社に電話するように」とか、「○○会社の○○さんへ電話願います」などといった連絡が入る。ちょうど近くにコンビニが見えたので、その駐車場に車を止めた。井上さんは、会社に電話した。

「もしもし、井上です。どうもご苦労様です。はい、はい、はい、あーそうなんですか。はい、分かりました。寄ってみます。失礼します」

「所長からなんだけど、今日菊田さんが無断欠勤したようで、十年間で初めてなんだって。念のために、菊田さんのマンションに寄ってほしいそうだ。ここからは、私が運転するから」

運転を井上さんに代わった。高速道路を急いだ。道路の両側の山々は綺麗に紅葉している。黄金色に輝いている。その中の、ところどころに見える赤色がとても鮮やかだ。仙北市のインターを降りる頃は、すっかり暗くなっていた。渋滞が始まっていてなかなか進まない。しばらくして、郊外のマンションの前で止まった。

「井上さん、高級マンションですね」

「あっ、菊田さんの車が止まっている。行ってみよう」

中に入って菊田さんの部屋のインターホーンを鳴らしたが、応答がない。井上さんは、管理人室と書いてある小さなガラス戸を開けた。

「305号室の菊田さんと同じ会社で、青葉機工の井上と言います」

「山本です」

「菊田さんが今日会社を休みまして、連絡がないものですから心配で伺いました。車がありますから、居ると思うのですがインターホーンの応答がありません。エレベーターの前のドアを開けていただけませんでしょうか」

「身分を証明するものはありますか」

と管理人から言われたので、井上さんと僕はとりあえず名刺を出した。

「はい、分かりました。お入り下さい」

ドアロックを解除してくれた。

エレベーターに乗り三階で降りると、何か変な臭いがする。なんだろう？　305号室の前に来ると、さらにその臭気が増した。

「この臭い、ガスじゃないですか？　ひょっとしたら……まさか……」

インターホーンを何度鳴らしても、応答がない。

「山本君、管理人さんを呼んできてくれ！　それから、合鍵を借りてくるように！」

「は、はい」

とにかく急いだ。まさか、菊田さん……

それからが大変だった。ドアを開けると、ガス栓を探して閉めた。そして、全部の窓を開け救急車を呼んだ。菊田さんは、睡眠薬を飲みガス栓を開いて、自殺を謀ったようだ。井上さんと僕が行った時には、まだかすかに息があった。しかし、病院に着くとまもなく息をひきとった。

警察へは、病院から連絡したのだろう。事情聴取は、まるで僕らが犯人でもあるかのように執拗だった。警察へは、自殺の原因は思い当たらないと話した。

警察に話していないことが、ひとつあった。

この前の土曜日、会社が休みなので、中古車センターやカーディーラーに車を見に行った。その途中、本社の渡部本部長と菊田さんの乗った車がカーホテル街へ入って行くのを目撃した。

噂は本当だったんだと思った。

本部長は、先代社長の姪と結婚していると聞いていた。離婚して、菊田さんと一緒になるとは考えられない。この前、何か決定的なことでもあったのだろうか。菊田さんは、絶望して自ら命を絶ってしまったのでは、と僕なりに考えた。死を決意した時の菊田さんの気持ちを思うと、可哀想でならなかった。何度も涙が出そうになったが、どうにか堪えた。

司法解剖の結果、自殺と断定された。菊田さんの河北町の実家からは、お兄さんがみえた。井上さんと僕とで応対した。火葬の手配や、菊田さんのマンションの荷物の整理など、数日手伝いをした。所長からの指示だった。菊田さんの両親は健在だが、あまりにもショックが大きく動ける状態ではないと、悲しみの大きさをお兄さんは力なく話した。

「井上さん、山本さん、明美の自殺の原因思い当たりませんか？　さっき警察から渡された遺書には、両親に申し訳ないとしか書いてありませんでした。住んでいたマンションは、家賃が高いと思います。明美の給料だけではやっていけないはずです。付き合っている男性がいたとか、何か知りませんか？」

「それが私共も、分からないのです。菊田さんは、プライベートなことは話さない人でしたし……」

と井上さんは話した。思い当たる節があったとしても、言えなかったに違いない。僕も、余計なことは言わなかった。

「そうですか……いろいろと御面倒かけました。お世話になりました。早く帰って、実家の墓に納骨してやります。荷物は改めて取りに来ますので……ありがとうございました」

と言って、菊田さんのお兄さんは帰って行った。


日常業務に戻ると、毎日が忙しく事件のことは少しずつ忘れていった。

城南営業所の経理業務は、本社の管理課に所属するパートタイマーで四十代の女性が担当することになった。

「山本君、今日は装置メーカーのナノテクノロジーに行って図面を確認して、その足で加工先に行くから。それに、ちょっと寄ってみたいところもあるんだ」

井上さんとライトバンで出発した。

デフレーションと言われているが、国会議員や役人は、統計表の数字を見て景気が悪いと言っているのだろう。我々のような一番下端の営業マンは、毎日得意先である工場を回るが、工場は生産減少しているためなかなか注文が取れない。景気が悪いことを身に沁みて分かっている。真の実体経済の深刻さを実感しているのは、営業マンではないだろうか。井上さんと話している間に、ＡＭＣジャパンというコネクターの製造工場に着いた。

井上さんは、受付のカウンターにある内線電話から担当者に電話した。

「もしもし、青葉機工の井上です。神野さんいらっしゃいますでしょうか。あ、神野さんですか。近くまで来たものですから、寄らせていただきました。少しお時間をいただけませんでしょうか。はい、ありがとうございます」

カウンターの前で待っていた。すぐに神野さんがみえた。

「いつもお世話になっております。突然、すみません。今日は、二人で回っておりました……」

「山本です。よろしくお願いします」

名刺交換した。

「井上さん、虫の知らせがありましたか？　どうぞ、こちらへ」

「えっ？　どういうことですか」

「来月一杯で、工場閉鎖することが決まりました。外資系は、こういう決断早いですよね」

「えー、そうなんですか。急ですね……神野さんどうなさるんですか」

「どうもこうもないですよ。これから仕事を探さないとね。いくら退職金が割り増しで貰えるからといって、今不景気だから大変だよね。仕事ないですよね」

神野さんは、暗くて心配そうな顔をした。

「神野さん、今までありがとうございました。また、他社でお会いできるかもしれません。その時はよろしくお願いします」

このコネクター工場には一年前からＰＲ活動して、最近ようやく少し取引できるようになったばかり。井上さんは、非常に残念がっていた。ちょっと寄ったのが、最後の挨拶になってしまった。外へ出ると、雨が降っていた。冷たい雨だ。

がっかりして、ライトバンに乗った。次の訪問先までは、会話が弾まなかった。

眩しいほどに輝いていた紅葉も、すっかり色あせていた。朝も、めっきり寒くなってきた。晩秋から初冬にかけての今の季節が、僕はどういう訳か子供の頃から嫌いだ。これからやって来る、長くて厳しい冬を想い寂しくなる。いちばん好きなのは、三月。日に日に暖かくなって、春が近いことを感じさせる。冬から春になるまでの変化が、たまらなく好きだ。

そんなことを考えていると、ナノテクノロジーに着いた。

「毎度ありがとうございます。青葉機工の井上です。購買の大川主任にお会いしたいのですが」

案内された商談室で待っていた。

「あっ、どうも井上さん。図面が不明とか言ってましたね」

「はい、この前注文いただだいたガイドローラーなんです。今日は、新人の山本も同席させていただきます」

「担当が替わるんですか？」

「いいえ、研修の一環です」

「青葉機工の山本です。よろしくお願いします」

大川主任と名刺交換した。

「大川主任、ここなんですが、複雑なところが形状も寸法もよく分からないんです」

「FAX図面ではだめですね。原図を持って来ましょう。ちょっと待って下さい」

大川主任は席をはずしたがすぐ戻った。

「この図面を使って下さい」

「ありがとうございます。それから、表面処理の欄にチタンと書いてありますが、ＴｉＮ処理のことですか。目的は、耐摩耗でしょうか」

「ＴｉＮでいいんですが、テープをガイドする部品なので耐摩耗というより、粘着防止のはずです」

井上さんは、カバンからカタログと見本品のようなものを取り出した。

「粘着防止ですと、この特殊なテフロンコーティングが効果的です。ざらっとしたこの凹凸がまったくテープを寄せ付けません。セロハンテープで試していただけませんか」

大川主任は、セロハンテープを取りに行ったようだ。短く切ったセロハンテープを持ってきて、すぐに見本品に貼り付けようとしたが、まったく付かない。

「本当ですね。これ、良いかもしれない。カタログと、このサンプルいただいて良いですか。設計のほうで検討してもらいます。とりあえず、部品の加工は進めてもらって、このコーティングの見積もりを大至急出して下さい」

「かしこまりました。それでは、失礼します。ありがとうございました」

図面に書いてあるからといってそのまま進めるのではなく、もっと良いものがあれば、それを提案する。お客さんにとって良いことである。こういうことが、営業マンとして大事なことなんだ。少し、分かったような気がした。

次の訪問先は、当社で部品加工をお願いしている工場で白坂精工。小さな工場だった。

「社長、いつもお世話になっています。彼は、今年入った営業の山本君です。同行訪問しながら営業の勉強中です。山本君からも、いずれ注文が出るようになりますから」

「よろしくお願いします。山本です」

ナノテクノロジーの図面の打ち合わせは、すぐに終わった。

「社長のところは、受注状況いかがですか？」

「悪いですよ。今月はなんとか仕事はありますが、来月する仕事が入ってないんです。青葉機工さんからは、注文いただいているほうですよ。他はもう、全然だめです」

「そうなんですか。もっと注文出せるよう心がけます。ところで、勉強のため山本君に工場見学させていただけませんか」

「はい、いいですよ。山本さんから、早く注文いただけるように……」

社長に工場を案内してもらった。NC旋盤、NCフライス、マシニングセンター、センターレスグラインダー、プロファイルグラインダー、汎用研削機を順に説明を受けながら、見て回った。僕は、工作機械を見るのは初めてだった。

数値を入力すると、自動的に加工する。人間は、材料をセットして完成した物を取りはずしているだけだ。驚きだった。汎用研削機は、熟練した職人さんが操作していると聞いた。汎用機といっても、物によってはNCより精度が出せるそうだ。

職人芸は凄い。社長は、どんなに科学技術が進歩して、素晴らしい機械ができてもそれを管理して使いこなすのは人間。管理・運営する人間の差が、技術力の差だと言っていたのが印象的だった。勉強になった。

「どうもありがとうございました。社長、ガイドローラーの納期のほう、よろしくお願いします」

「今日は、勉強になりました。ありがとうございました。失礼します」

雨は上がったが、外は寒かった。

「山本君、営業所に戻ろう」

「井上さん、今日はありがとうございました。いろいろ、勉強になりました」

ライトバンを走らせると、すぐにヒーターを入れた。

「山本君、今日の夜予定ある？　明日休みだし、軽く飲みに行かない？」

「はい、あまり強くないので……軽く、でしたら」

「山本君、ホルモン焼き知ってる？」

「いいえ、食べたことないです。どんなのですか？」

「豚のモツを炭火で焼いて、それを秘伝のタレに付けて食べるんだよ。美味いんだよ。それに、安い。一人、三千円でおつりがくるよ」

話を聞いているうちに、腹が空いてきた。食ってみたい。

「ぜひ！　お願いします」

営業所へは僕らがいちばん遅く戻ったようだ。所長が待っていてくれた。すぐに日報を書いて所長に提出した。

「井上君、今日山本君は、ずいぶん勉強になったみたいだね。これからも山本君のこと、よろしく頼むね。ＡＭＣジャパンの工場閉鎖は、残念だったね。新規開拓は大変だろうけど、これからも粘り強く続けるようにね」

「はい、分かりました」

「山本君、今日ナノテクノロジーからもらってきたこの図面。これをＦＡＸして特殊テフロンコートの見積もりを取ってほしいの。見積依頼先は、日本テクトロン。あせらなくていいから、正確にね」

「はい」

さっきＰＲしていた、粘着防止のコーティングだ。見積依頼が終わり、井上さんも事務処理が終わったので、所長に挨拶して営業所を後にした。

井上さんの自宅まで車を走らせた。ホルモン焼きの店まで近いということで、井上さんの自宅に車を置いてもらうことにした。帰りは、運転代行を使う。店までの途中、携帯電話で自宅へ、今日は遅くなると連絡した。母さんはまだ帰ってなかったので、妹に伝えた。

店に入ると良い匂いがした。ホルモン二人前と生ビールを頼んだ。焼けるまで待ち遠しい。炭火に落ちる油が、なんともいえず香ばしい。タレをちょっと舐めてみると、ピリ辛でいける。少しずつ焼けてきて、食べ始める。

「旨いですけど、なかなか噛み切れないですね」

「適当に噛んだら、飲み込んで良いんだよ。消化が良いから、大丈夫さ」

「そうですか……ビールに合いますね。病みつきになりそうです」

噛み切れないまま飲み込んでしまうのにも、すぐに慣れた。僕一人で三人前は食べただろうか。いつになくビールもすすんだ。

「山本君は、付き合っている彼女いるの?」

「いないんです。大学では、フォークソングのサークルに入っていましたから女の子はたくさんいたんです。でも、それなりに、デートといいますか喫茶店で一、二度会うんですけど続かなかったですよね。これから仕事はもちろんですけど、恋愛もなんとかしなくてはと思っています。井上さんは、恋人いるんですか?」

「他の人に言ってほしくないんだけど……」

「誰にも言いません」

「大学時代からずうっと、付き合っている子がいる。彼女、卒業して地元に戻ってしまったからね。遠距離恋愛って言うの?　一年に一度か二度会えたら良いほうだね。付き合って六年になるかなあ。電話だとすぐ喧嘩になるから、最近は、Eメールばかり……」

二人とも少し暗くなった。生ビールをお代わりした。

「井上さん、元気だして下さい。飲みましょう」

「そうだな、飲もう。それから、野菜を食べよう。焼いて食べるとけっこう美味しいんだよ」

茄子やトウモロコシ、玉葱、人参などが運ばれてきた。ちょうど食べやすい大きさに切ってある。焼き上がったものを、タレに付けて食べる。美味い。このタレは、野菜にも合う。さらに、ビールがすすんだ。

気になっていたことがあった。酔いがまわってきたせいか、話さずにいられなくなった。

「井上さん、菊田さんのことですけど……僕、警察には言わなかったことがあるんです。事件の一週間前に、本部長と菊田さんの乗った車がモーテルに入って行くのを見たんです。その時は、噂は本当だと思っただけでしたが……その時のことが、自殺の直接の原因じゃないかと思うと……」

「……」

「つまり、本部長が殺したも同然！……」

「おい、おい、めったなことを言うもんじゃない」

「法律上はなんでもなくとも、許せないですよ。さんざん遊んで……いらなくなったから、ポイですか？」

「山本君、飲みすぎだよ」

「菊田さんが、可愛そうすぎます」

涙が出てきた。僕は泣き上戸だったたか。

「少し、落ち着いてさ」

「仕事ができれば、何やってもいいんですか。僕は嫌いだなあ、そういうの……」

「そんなことはないさ。そりゃ、道義的には問題がある。でも、どうにもならないだろう」

「どうにかしたいです」

「どうするっていうの」

「暗殺したいです」

「馬鹿言うんじゃないよ」

どうにもならないことは僕にも分かっている。その夜僕は、本社の渡部本部長のことを、絶対許さないと心に決めた。僕ができる菊田さんのリベンジだ。

後から聞いて分かったが、渡部本部長も警察の事情聴取を受けたらしい。渡部本部長と菊田さんのことは、今まであちこちで目撃されていたのだろう。


次の日は二日酔いだった。お昼近くになって、やっと起きた。下へ降りていくと母さんがいた。

「あんたね、就職したばかりで調子にのって遅くまで飲んでるんじゃないの！」

「先輩から誘われると、断れないんだよ」

「二日酔いなんて、百年早い！　何よ、その髪。きちんとしなさい！　食事用意してないからね。自分でなんとかしなさい。母さん、仕事で出掛けるから……」

「あのー、洗濯は……　自分でやります……」

「めぐみちゃん」

「なによ、ちゃん付けなんかして……気味が悪い。そんな時、ろくなことないんだから」

「めぐみちゃん、洗濯一緒にしてもらえないかな」

「やーだ、だめ。兄貴の髪の毛、おかしーい」

しかたがなく、自分で洗濯した。小学生の頃梅雨時になると、よく近くのコインランドリーに洗濯物を乾かしに行かされた。いやだったが、この手伝いをしないと小遣いが貰えなかった。この時の体験が、どうもマイナスイメージで残っている。洗濯が苦手だ。まだ少し、気持ちが悪いから食事は後でいい。そうだ、カレーを作ろう。母さん、喜ぶかもしれない。

ギターを弾いた後、久し振りにワックスを掛けて手入れをした。このギターは、エレアコ（エレキ・アコースティックギター）といって、日本製で十七万円。アルバイト代を貯めて、大学四年の時やっと手に入れた。最初のギターは、中学二年生の時通信販売で買った。確か、八千円。お年玉で買った。クラッシックギターだった。X-JAPANがカッコ良くて、憧れた。教本を見ながら、毎日のように練習していた。ギターばかり弾いていて、よく母さんに叱られた。金に糸目を付けなくていいならば、アメリカ　マーチン社製のアコースティックギターが欲しい。夢のまた夢。

商品の勉強をしよう。カタログをカバンから取り出した。この前、橋本さんから教わったコーティングについて復習しよう。コーティングは、ＰＶＤ処理（物理的蒸着法）と、ＣＶＤ処理（化学的蒸着法）に大別される。当社で力を入れて販売しているＤＬＣコーティングや、スーパーコーティングは、ＰＶＤ処理の中でも処理温度が、二百度未満と低温処理のため母材の変形がない。膜厚は、一ミクロン〜二ミクロンで均一。精密部品に適している。硬度は、CV5000~7000。

CVD処理の特徴は、円筒状の部品の内径面にコーティングできること。しかし、処理温度が約千度という高温のため、母材の熱変形に注意を要す。精密部品には不向き。膜厚八ミクロン、硬度HV3800……。

「兄貴、電話!」

妹の呼ぶ声がして、下に降りた。

「誰から?」

「女の人……」

「もしもし、電話代わりました。はい、そうですけど……えー、そういうのいいです。けっこうです」

「誰からだったの」

「ブライダルなんとか。結婚紹介所だろう。どこで調べるんだろ? 勘弁してほしいよ、まったく……」

「兄貴、彼女いるの？」

「うるさい。お前はどうなんだ」

「ひ・み・つ」

「ハ、ハ、ハ、まいりました。これから、カレー作るから。母さん帰ったら、三人で食べよう」

「うん」

穏やかな午後のひと時、ラジオを聴きながら食事の支度をした。ラジオはちょうどリクエストアワーだった。

僕が生まれる前の、七〇年代の曲がよくリクエストされる。良い曲がたくさんある。中でも、井上陽水の曲は良いと思う。全然古くない、むしろ新鮮な感じがする。この前、井上陽水特集があり、確か、アルバムのタイトルが［氷の世界］だったたか？ そのアルバムの中から数曲聞いたが、どれも良い曲ばかりだった。今度、ショップでその古いアルバムを探してみよう。

日が暮れるのが、大分早くなってきた。十六時を過ぎると、あっというまに暗くなる。

僕は、料理は好きなほうだ。僕が高校一年の時に、母さんが保険の外交を始めた。帰りが遅くなる時は、僕が夕飯の支度をした。妹はまだ小学生で、僕がなんとかするしかなかった。妹はコロッケとハムカツが好きで、よくそれを買ってきて二人で夕飯を食べた。徐々に、野菜炒めや、焼きそばなど簡単な料理ができるようになった。

母さんや妹の評判は今一つだが、得意な料理はカレーである。久々に、得意なカレーを作った。市販のカレールーを使うが、二種類使うのがポイント。その他は、企業秘密。しかし、今日も母さんと妹のコメントは、「まあ、まあ」だった。

「あー、遅れるー」寝坊してしまった。いつのまにか目覚まし時計を切っていた。手早く身支度をし、食パンをかじりながら車に乗り込んだ。どうにか、朝礼に間に合った。

「だめだよ！　これじゃ……」

「え？」

「原価で見積もってどうするの！」

「あー、すぐやり直します。すみません……」

午前中、初っ端からミスった。

日本テクトロンから見積もりが入り、客先へ回答する見積金額を、井上さんと打ち合わせした。しかし、パソコンに入力したのは、日本テクトロンからの見積もりのほうだった。

「山本君、今後は見積計算書を作ったらどうだ。それを見ながら見積書を発行すれば、そうは間違わないだろう」

「はい。橋本さん、ありがとうございます。これからそうします」

「井上さん、これで良いですか？」

「ＯＫ。社名の下の一番右の欄に、山本君の印を押して。真中に私が押すから。そしたら、所長の確認印もらって……」

「所長、見積書を作成しました。これでよろしいでしょうか」

「はい、ご苦労さん。山本君、見積書を作ったら、必ず確認をするようにね。対外的に出す書面は、確認の確認をするくらいでちょうど良い。それを、習慣にするように」

「はい、分かりました。今後、気をつけます」

ナノテクノロジーへ、見積書をＦＡＸした。

「それから山本君、今日は後藤主任と同行するように」

所長から指示された。

「はい」

「主任、よろしくお願いします」

「こちらこそ。ちょうど遠方の客先から呼び出しがあって、今日は、そこに行くから。行く時は、山本君運転頼むね」

「はい、分かりました」

朝が寒くなって、早く起きられなくなってきた。今日は、遅刻しそうになった。そろそろストーブを出して、冬支度をしなくては……山々はすっかり雪化粧している。

後藤主任の営業車は乗用車だ。ライトバンと違って、乗り心地が良い。訪問先のパワーエンジニアリングまでは遠かった。三時間半かかった。パワーエンジニアリングでは、電解コンデンサーの部品を製造していると聞いた。

昼食は、途中でラーメンを食べた。後藤主任に連れて行かれた店は、地元のラーメン通だけが知っている穴場らしい。後藤主任も、お客さんから教わったようだ。メニューはラーメンとラーメン大、しかも醤油ラーメンだけ。麺は細目のストレート。スープは、煮干を使ったことが分かる風味があった。コクがあって、それでいてさっぱりした感じ。後藤主任は大盛を、僕は普通のを食べた。美味かった。店が古いのも、レトロな感じで良かった。

「こんにちは、青葉機工の後藤です。購買の青山課長お願い致します」

事務所内の商談コーナーで待っていた。すぐに、青山課長がみえた。恰幅が良く、顔は怖そうだ。

「いつもお世話になっております。今日は新人の山本も、同行させていただきました」

「山本です。よろしくお願いします」

名刺を両手で差し出した。青山課長は受け取ると、放り投げるように角に追いやった。自分の名刺は、出さない。

「今日後藤君に来てもらったのは、コストダウンのお願い。詳しくは、書面に書いておいた。一月から、全品十パーセント引いてほしい」

「えー、青山課長それは無理ですよ。そんなに引けるほど、マージンいただいておりません」

「何言ってるんだ！　十パーセントがだめなら、九パーセントにするとか……とにかく、検討して回答お願いします。来週中にね」

「……検討致します」

「あのー、技術グループの斎藤主任にお会いしたいのですが」

「斎藤は、辞めたよ」

「えー、いつですか？　リストラだったのですか」

「先月。彼は、早期退職者優遇制度を使ったがね。何か？」

「打ち抜きパンチに、スーパーコーティングした試作品を納めております。その試作経過を、お尋ねしたいのです」

「今度、聞いておくよ。当社は先月までに、早期退職者優遇制度の運用や、退職勧告をして従業員三百四十人中、百五十人の人員削減をした。パートタイマーの三十八名には、既に辞めてもらっている。その他いろいろなリストラを実行しても、それでも大変な状況にある。取引先にコストダウンの協力をしてもらわないと、どうにもならない。後藤君、良い返事を待っている」

「それじゃ、失礼します。ありがとうございました」

こんなに遠いところまで来て、酷い商談内容だった。僕は、ああいうふうに偉そうにしている人、大嫌いだ。僕が、この会社の担当になったらどうしよう。

車に乗ると、僕はすぐに後藤主任に聞いた。

「主任、今の人ずいぶん横柄じゃないですか。それも値引き要請の話ですよ……」

「利益は少ないけど、毎月何百万と買ってもらっている。商売だからしかたないんだ。私だって我慢してやっている。自分の好きな人だけと商売する訳にいかないだろう。ビジネスライク、割り切ってやらないとね……」

そう言われれば、確かにそうだ。仕事はそんなに甘くない。後藤主任が、まだ三十代前半なのに白髪が多いのは、きっと仕事で苦労しているからだ。後藤主任がとても大きく見えた。

「主任、値引きはどうするんですか?」

「幾らかでも引かないとまずいと思う。あの人は怖い。今まで、何社も取引先を切っている。白坂精工の社長と相談してみる」

「白坂精工ですか。この前、工場見学させてもらいました」

後藤主任は、空き地を見つけて車を止めた。携帯電話で白坂精工の社長にアポイントを取っていた。

「社長はこれからでも良いそうだから、山本君今日遅くなるけど、我慢してね」

「はい、分かりました」

後藤主任はかなり飛ばした。それでも、白坂精工に着いた時は、暗くなっていた。

「社長、いつもお世話になっております」

「山本です。この前はありがとうございました」

「エンドユーザーのパワーエンジニアリングから、金型部品の値引き要請がありまして……この文書、ちょっと見ていただけますか」

白坂社長は、文書を読み終えると、

「十パーセントですか。パワーさん向けのパンチやダイは、元々の単価が厳しいですからね。ほとんど材料費みたいなもんですよ。加工代を貰いたいくらいです。でも、値引き要請を蹴る訳にはいかないんでしょう」

「そうなんです。取引停止になるかもしれません。当社でも値引くよう検討しますから……社長、何とか協力お願いします」

「分かりました。それでも、三パーセントは無理だと思いますよ。後で計算してみますが……明日の午前中、連絡します」

「ありがとうございます。よろしくお願いします」

「失礼します」

外に出ると、星が綺麗だった。底冷えする夜だ。後藤主任は帰りも飛ばした。仙北市に入るまで、対向車はほとんどなかった。車のライトを、ずうっと上向きにして走った。車内には、カーラジオのＦＭ放送の澄んだサウンドが響いていた。

「山本君、少しは仕事に慣れた？」

「いやーまだ慣れるまでには……いっぱい、いっぱいです」

営業所に着いたのは二十一時過ぎだった。

「山本君、お疲れさん。それじゃ……」

「お疲れ様でした。今日はありがとうございました」

中には入らなかった。後藤主任から所長に、遅くなるので直退すると連絡してあった。

僕は、自宅に帰る車の中で今日あったことを振り返った。

大手のコンデンサーメーカーは、パワーエンジニアリングのような取引先にコストダウンの要請をする。それが、当社に、そして加工先にまで波及する。それぞれの立場で、皆が生き残るために必死なのが分かった。現実の厳しさ、仕事の厳しさ、これから先、僕はやっていけるだろうか……不安になった。

第三章　初受注

「山本君、今日は新規開拓中のところに行ってみよう」

今日は、井上さんと同行だ。実は、今日も遅刻しそうになった。新人の僕がいちばん遅い。気をつけよう。ライトバンで出発するとすぐに、カーラジオのスイッチを入れた。

ちょうど、ニュースだった。

『大手電気メーカーの芝山は、二〇〇四年までに一万七千人の人員削減を行うことを、今日の記者会見で明らかにしました……』

「またか。今まで確か、立木製作所でも一万七千人、富士大では一万六千人、東洋電気は四千人の人員削減をすると発表している。この先、どうなるんだろう……今年は、なんといっても松木電器が、終身雇用制を廃止して早期退職者優遇制度を導入したからね。日本的な経営の終わりというか、シンボリックな出来事だよね」

「井上さん、昨日の夜テレビのニュースで見ましたが、アメリカに本社がある電機メーカーの仙北市にある半導体工場が、撤退することが決まりましたよね。全社員に、再就職先を紹介すると言っていましたが、どうなるんでしょう……当社では、取引なかったですよね。それから、アルファー電気の岩手工場が閉鎖になりますね。地元の議会では、撤回要求が議決され、アルファー電気本社に、工場閉鎖撤回の申し入れをしに行くようですけど、そんなことできるんでしょうか?」

「難しいだろうなあ。採算が取れないので閉鎖する訳だから。まさか、一企業の赤字分を地方自治体が穴埋めするなんてできないだろう……」

失業率五・六パーセント、過去最悪、アメリカより悪い。日本経済どうなるんだろう。

新規開拓中の工場、ファーストパーツまでは二時間かかった。玄関に入ると、入室者を感知する赤外線でもあるのだろうか、すぐに事務員と思われる女性がやってきた。僕は、どこかで会ったような気がしたが思い出せなかった。

「こんにちは、青葉機工の井上です。資材の御担当者に会わせていただけないでしょうか」

「何度も言っているでしょう、仕入先を増やさないように決まっているの。取引の少ないところは、口座を取り消す作業を進めているわ。取り次いだら、私が怒られるの」

「そこをなんとかお願いします」

「あら、もしかしたら山本君じゃない。私よ、八巻奈々。しばらく……短大卒業してから、この会社に入ったの。二年ぶりかしら」

「あー……奈々ちゃん。いや、八巻さん……」

「青葉機工に入ったの?」

「うん……いえ、はい。どうもしばらくです」

「まだ、新人さんね」

「あっ、はい」

びっくりした。

「今度、電話ちょうだい。ゆっくり話したいわ」

八巻奈々は、僕が大学四年の時同じアルバイト先にいた。スーパーマーケットで一緒に働いた。彼女を含めアルバイトの仲間で、二度飲みに行ったことがあった。確か、当時はメガネを掛けていて少し暗い感じだったかなあ。ほとんど記憶がない。

「おい、山本君」

井上さんにつつかれて、我に返った。

「あっ、はい。どうもすみません。電話します」

「青葉機工さん、私忙しいのでこれで失礼します」

軽く会釈すると、僕を見て微笑んだ。僕は、深々とお辞儀をした。それから、ライトバンに乗ると井上さんが、

「山本君、頼むよ。今の事務員さんと知り合いなんだろう。電話をすれば、あの人が出るからすぐ断られるし、訪問すればさっきみたいに言われるだろう。あそこの工場は、チップインダクターといって回路基板に使う小さな抵抗体を作っているんだ。パソコンや、携帯電話に使われている。当社で売るものは、いっぱいあると思

うんだよね。もう十カ月通っているけど、全然先に進まない」

「井上さん、でも取引先を増やさないとか言っていたでしょう」

「あれは断り文句さ。あれくらいで諦めちゃだめなんだよ」

奈々ちゃん、コンタクトレンズに替えたんだ。眼鏡をとると案外可愛い。

「井上さん、八巻さんの電話元々知らないんです」

「いいんだよ。今度、会社に電話してアポイントを取ってよ」

「はい、なんとかやってみます」

しばらくすると、井上さんの携帯電話が鳴った。通常電話の着信音だ。三回コールして切れた。緊急事態だ（緊急の場合でも、車が走行中で電話を取れないこともあるので、緊急の要件がある時は、三回コールして切ることに決まっていた）。すぐに、会社に電話するよう、決まっていた。いやな予感がした。幸い、近くに空き地があったので、ライトバンを止めた。

「もしもし、井上です。どうもご苦労様です。はい、あーそうですか。山本君に代われって……」

「もしもし、所長どうも……えー母さんが……」

緊急連絡は僕にだった。

「あああの……井上さん。おっおふくろが、交通事故に遭って危篤状態なんだそうです。今、北東病院から電話があったって、言ってました。どうしましょう……」

「何言ってんだ。すぐに行こう。どれ、私が運転する。代われ」

母さん、どうか死なないで。

父さんが交通事故で死んだ後、幼馴染みが同じような境遇にいて、高校にも行かず一緒に暴走族まがいのことをしていた時期があった。僕が警察に捕導され、母さんが呼び出された時、泣きながら何度も何度も謝ってくれた。それを見て、僕は、二度と母さんを悲しませるようなことはしないと決めた。僕が今、なんとかやっていられるのは、母さんのお陰だ。病院に着いた時には、母さんは霊安室に横たわっていた。

どうして、こんなことに……。

父さんも母さんも、交通事故だなんて……。

それからの一週間は、ほとんど記憶がない。どうにか、葬儀を終えた。

妹のめぐみと二人になった夜、

「これから、二人でやっていかなくちゃなあ……」

と言った途端、めぐみは堰を切ったように泣き始めた。号泣し続けた。僕は、強く抱きしめるほかなかった。

その夜僕は、仏壇の前でつくづく考えた。今まで、ぼんやりとなんとなく生きてきた気がする。穏やかで幸せな毎日を、当たり前のように思っていた。父さんが交通事故で他界した時、僕は弱くてグレかけた。母さんのお陰で、どうにか立ち直って今まで来れたが、その母さんももういない。

これから、いったいどうする……どうする……分からないが、きっと自分の人生を、自分のために生きて行くしかない。一度しかない人生を、悔いのないよう精一杯、生きて行くしかない。妹は、妹の人生を歩んで行けるよう、兄貴としてバックアップして行こう。

母さん、今までありがとう。天国で父さんと逢えた？　そっちには、父さんがいるから大丈夫だよね。父さん、母さんのことよろしく頼むね。めぐみのことは心配しないでいいから……。

「お早う、めぐみ。朝ご飯ありがとうね。お前も、朝大変なんだからいいんだよ。自分でなんとかするから」

「できる時はやるから。用意していない時はごめんね。兄貴、そろそろ出掛けないと……」

「めぐみは？」

「うん、今日は午前中休講なの。午後から出掛ける。気をつけて行ってらっしゃい」

「行ってきます」

この車、なんとかしないとなあ。エンジンが、なかなかかからない。たまにエンストするし、こんな渋滞しているところで止まったら大変だ。久々の出社、少し緊張する。

「お早うございます。所長、皆さんいろいろとありがとうございました。それに、長い間休んですみませんでした」

「元気出してやらないとな」

所長の言葉が、嬉しかった。

「山本君……」

「井上さん、お葬式の時、手伝っていただいてありがとうございました」

「困っている時はお互い様さ。ところで、ファーストパーツの八巻さんから電話があったみたいなんだ。私も、その時帰りが遅くて……これから電話してさ、アポイント取ってよ。日程は、先方の都合に合わせていいからさ」

「はい、やってみます」

「もしもし、青葉機工の山本と申します。あー、どうも八巻さんですか。お電話いただいたのに休んでいてすみませんでした」

「山本君、何かあったの?」

「ええ、まあ、あのー今週ぜひお時間をいただけませんでしょうか?」

「いいわよ。いつ来るの?」

「八巻さんの御都合の良い時でけっこうです」

「そうね、水曜日の十五時頃だったら良いわよ」

「はい、それでは今週の水曜日十五時に、お伺いします。ありがとうございました。失礼します」

「山本君、アポイントの取り方うまくなったなあ」

「……」

「ところで、今手帳を見たら水曜日は予定が入っていて、だめなんだよ。いつでも良いって言ったのに悪いけど、こっちも大切なので山本君一人で行ってくれないかなあ。事務員の八巻さんとは、昔の知り合いだしさ。今回は、その八巻さんから資材や技術の担当者を紹介してもらえるよう、努力してみてよ」

「所長、今度山本君に、ファーストパーツに一人で行ってもらおうと思うんですが」

「いいんじゃないか。何事も勉強だ」

「はい、なんとかやってみます」

と言ったものの不安だ。でも、いつまでもビビっていてもしかたがない。思い切ってやってみよう。

当日、ファーストパーツに十五時十分前に着いた。

「ごめんください」

まもなく、八巻さんが現れた。

「こんにちは、青葉機工の山本です。本日は、ありがとうございます」

「こちらにどうぞ。何か、山本君感じが変わったわね。この前と違ってしっかりしたみたい。二週間の間に何かあったの？」

「いいえ、別に何もないです」

「こんなところでごめんね。ここだと、ゆっくり話せるから」

資材受け入れカウンターの脇にある、簡易応接セットに座った。

「お互い、アルバイトの時とは変わったわね。少しは、大人になったのかなあ。私、当時山本君のこと気になっていたの」

「あっ、ありがとうございます。八巻さんは、今どんなお仕事なんですか？」

「資材業務なの。製造現場や技術部門から購入依頼があって、課長が決裁したものを注文書発行して手配するのよ。注文品の納期管理も私がやっているわ」

「そうですか。八巻さん、ぜひ青葉機工のことを検討していただけませんでしょうか」

「山本君、営業マンらしくなったわね」

「ありがとうございます」

「そうね……そうしたら、生産技術の人を紹介してあげるわ。私が、新しい業者に勝手に注文できないけど、生産技術から仕入先を指定した伝票が回ってくれば別よ。ちょっと待ってて……」

八巻さんはそう言って、近くにある内線電話を取った。

「山本君、生産技術の佐藤主任を紹介しようと思ったんだけど、出張していて明日帰ってくるの。来週、また来れる？」

「はい。ぜひ、お伺いします」

「山本君、今度飲みに連れて行ってくれる？」

「え？　はい、昔のバイト仲間で行きましょうか」

「二人じゃいやなの？」

「いいえ。そういう訳では……でも、二人はまずいんじゃないでしょうか」

「……」

妙な沈黙が続いた。

「あのー、八巻さん来週またまいります。今日は、ありがとうございました」

八巻さんは、玄関まで来て見送ってくれた。

「山本君、また電話ちょうだい」

「はい。どうも失礼します」

紹介してもらえるようになったが、飲みに行くっていうのはどうなのかなあ……

運転しながら、同じことが何度も浮かんできた。考えたが分からない。


僕が、営業所に戻るとまもなく、井上さん、後藤主任、所長も帰ってきた。

「お疲れ様です。所長、ファーストパーツなんですけど生産技術の担当者を紹介していただけることになりました。今日は、あいにく出張されていて、また来週行くことになりました」

「そりゃ、良かったね。上出来だよ。流れからいって、来週も山本君が一人のほうが良いかもしれないな。具体的な商談になれば、私でも、井上君でも同行するから、心配しないでやってくれ」

「はい、分かりました。でも、資材の八巻さんに飲みに連れて行ってと言われまして、どうしたらいいか悩んでいます」

「お客さんでも、お互い若いのだから、付き合ってもかまわないと思うよ。でも、私が長い間見ている限り、たいがい付き合いがうまくいかなくなると、取引がだめになるか、極端に取引金額が少なくなってしまうケースがほとんどだね。相手の女性が資材担当者だったら、なおさら気をつけないと……」

橋本さんが話してくれた。

「そうですか……」

「山本君、奈々ちゃんのこと好きだって言ってたろう」

と井上さんが言うと、

「この際山本君、八巻さんと結婚したらどうだ」

後藤主任が真顔で言った。

「そんなー、勘弁して下さい」

皆、笑っていた。

確かに新人営業マンの私が、ファーストパーツに対し、曲がりなりにも営業活動していられるのは、八巻さんのお陰だと思う。どういう巡り合わせなのか分からないが、チャンスなのかもしれない。

なんとかしたい！

こんなふうに、皆にからかわれるようになったのは、やっと城南営業所の一員として認められたからに違いない。ファーストパーツと取引できるように、なんとしてでも先に進めよう。

朝日を眩しく感じた。すずめの鳴く声にはっとした。寝過ごしたかと思い、飛び起きた。今日は土曜日で休みだ。良かった。めぐみは、確かアルバイトのはずだ。土曜日は、洗濯をしながら、部屋の掃除をする。終わると朝昼兼用の食事を作る。今日は、おでんを作ることにしていた。スープ付きで四、五人前がワンパックになっている、便利なおでんセットがある。ゆで卵まで入っている。スープを水で割って、後はおでん種を煮込むだけ。簡単。煮込む時間は気をつけよう。

料理をしている時は、不思議と何も考えない。気分転換になる。めぐみは、今でもコロッケやハムカツが好きだ。それ以外では、おでんが好きなようだ。シーズンになると、よくコンビニから買ってきて食べている。今日は、おでんがたくさんあるから喜ぶだろう。御飯は三合炊こう。水が冷たく、米研ぎがしんどい。今度、無洗米を買ってみるか……電話が鳴った。叔父からだった。

「この前は、ありがとうございました。お世話になりました」

「少しは落ち着いたか。ところで、お前たちの母さんのことだが、信号無視した疑いもあって賠償金は取れないかもしれないな。また、いろいろやってみるが……生命保険のほうは、自分で販売していたがあまり高額なものには入っていなかったようだ。まあ、めぐみの学費や結婚費用にはなるだろう。保険がおりてもすぐに使わないようにな」

「はい、分かりました。いろいろありがとうございます」

「それじゃ、また」

ああ、良かった。ひとまずほっとした。めぐみのことは、経済的にはなんとか大丈夫そうだ。あとは、自分のことは自分でやっていけば良い。

電話が終わって食事をした。ほとんど昼食だった。うん、おでんいける！　美味い。

一週間があっというまに過ぎた。今日がファーストパーツを訪問する日。資材の八巻さんに電話した時、生後技術の担当者に都合を聞いてもらって、今日の午前十時になった。直行しないと間に合わないので、所長に許可をもらって前の晩にライトバンで家に帰った。午前七時に家を出た。まだ今のうちは、道路が空いている。八巻さんと飲みに行く件は、しかたがない流れにまかせよう。心配してもしようがない。♪時の流れに身をまかせ……

だんだん道路が混んできた。車が渋滞し始めた。郊外に出たら、少しスピードを上げよう。どうにか、十時ちょうどくらいに着いた。

「ごめんください」

「山本君、時間に正確ね」

すぐに、八巻さんが出てきてくれた。ぎりぎりセーフ。間に合って良かった。

「お早うございます。今日は、ありがとうございます」

今回は、応接室に案内された。

「ちょっと待っててね」

と八巻さんが退室するとまもなく、若い男性が現れた。

「生産技術の佐藤です」

「初めまして、青葉機工の山本です。よろしくお願いします」

名刺交換をした。

「山本さんは、資材の八巻の友達なんですって？」

「はい、学生時代なんですけど」

いつのまにか、八巻さんの友達になっている。このままにしたほうが良いかもしれない。

「さっそくなんですけど、今、製造現場で困っている問題がありましてね。これなんですが、リード線を切るこの小さなカッターがすぐ摩耗してしまうんです。材質は、ハイス鋼です。コーティングも試しましたが、ほとんど変わりありませんでした。大量に使いますので、費用が掛かって困っています。それに、なんといっても交換の手間が大変なんです。何か良い方法がありませんか？」

「今は、残念ながら即答できませんが、検討致しまして必ず良い方法を提案させていただきます。この現品を、お借りできませんでしょうか」

「あっ、そう！　いいですよ。それじゃ、図面もあったほうが良いですね。ちょっと失礼……」

と言って、佐藤主任は応接室の電話から、図面を持ってくるよう指示をした。しばらくすると、八巻さんが図面を持ってきてくれた。

「山本さん、それじゃこの現品と図面をお持ち帰り下さい。一週間くらいで良い方法を回答下さいね」

「はい、かしこまりました。お預かりします。本日は、ありがとうございました」

退室し、帰ろうとすると玄関に八巻さんがやって来た。

「八巻さん、今日は佐藤主任から具体的なテーマをいただきました。八巻さんのお陰です。どうもありがとうございました」

「あら、それは良かったわね」

「あのー八巻さん、飲みに行く件なんですけど……」

「山本君があまり仕事の話ばかりするから、ちょっと意地悪したの。ごめんね。私は、資材担当者だから業者の人との付き合いを注意するよう、上司から言われているわ」

「八巻さん、これからもよろしくお願いします」

「こちらこそ。気をつけて帰ってね」

「どうも失礼します」

ふー、良かった。でも、いったいどういうことなんだろう。八巻さん綺麗になったことだし、付き合っても良かったかなあ……。

毎月、第一週目の金曜日十六時半から営業会議が行われる。今日がその日。僕は、ファーストパーツの一連のことを報告して、借りてきたカッターや図面を見てもらった。

「山本君、良かったね。井上君は、ずいぶん通ったがなかなか進まなかったんだよ」

と所長から言われた。

「ありがとうございます。資材の八巻さんのお陰なんです」

「橋本さん、どうですかね。このカッター、超硬にしたら良いと思いますが……」

「ええ、私もそう思います。超硬の中でも、超微粒子にしたほうが良いですね。物が小さいし、図面も見ましたが、精度も大したことはない。山本君が頑張っているし、早く評価してもらえるよう、加工先と相談して無償の試作品を手配しましょう」

「そうですね、そのほうが良いですね。山本君、後は橋本さんとよく打ち合わせて進めるように」

「はい、ありがとうございます」

「山本君、まいったな……私は、一年近く通ってだめだったからね」

井上さんが言った。

「学生時代の知り合いがいたから、運が良かったんです」

「それはともかく、ファーストパーツは、山本君が営業担当ということでどうでしょうか。所長？」

「君さえ良ければ、そのほうが良いだろう」

「ありがとうございます。それからなんですけど、資材の八巻さんとは飲みに行かなくてよさそうです。なんか、からかわれたみたいです」

恥ずかしかったが報告した。皆、笑っていた。パートの宮沢さんが皆にお茶を出してくれた。

井上さんからは、ＡＭＣジャパンが工場閉鎖になったこと。東洋伸管には、スーパーコーティングの試作品を納入し、評価中であること。ナノテクノロジーでは新商品の特殊テフロンコートが評価され、正式に採用になったことなどの報告があった。

後藤主任からは、パワーエンジニアリングからのコストダウン要請に対して、白坂精工で二パーセント、当社で一パーセント、合わせて計三パーセントのコストダウンの回答をし、客先の了承を得たこと。また、通信機器製造のニューコミュニケーションズに進めていた、セラミックリングが決まり、今後、売上増が期待できると報告があった。

「経済環境が悪化している中、皆は良くやってくれていると思う。工場閉鎖や値引交渉など、状況が一段と厳しくなってきているが、新商品の販売や新規開拓、積極的に活動していることが、よく分かります。なんといっても、山本君がよくやっているとと思う。お母さんの不幸にもめげず……変わったよ、本当に。入社した時と全然違う。どうかこれからも、どんなに苦戦しても攻めることを忘れないで下さい。守りに入ったら負けです。今日はこの後、忘年会ですから、この辺で会議を終わりましょう。ご苦労様でした」

最後に所長のコメントがあった。

今日は、仙北市内の温泉で一泊の忘年会がある。幹事は後藤主任だ。パートの宮沢さんは、母親が高齢のうえ入院中で、残念ながら欠席。今年の忘年会は、営業所だけでよかった。三年毎に全体での忘年会があるようだ。

「それじゃ皆さん、私の車に乗って下さい。出発します」

後藤主任の、大型のワンボックスカーに五人乗った。宿に近づくにつれ、道路の雪はシャーベットから圧雪に変わった。周辺の山は大雪だ。宿に着くと、さっそく風呂に入った。大きな風呂で、手足を伸ばして気持ちが良かった。のんびりすると、いろいろなことが次から次と浮かんできた。その都度、振り払った。

宴会には、宿のサービスでコンパニオンが一人付いた。カラオケは無料だった。

「宴会を始めたいと思います。所長から、何か一言……」

「いいよ、さっき会議で十分話したから。主任、早く飲もうよ」

「そうですか。それでは皆さん、体力の続く限り大いに飲みましょう！　乾杯！」

「乾杯！」

湯上がりのビールは美味しかった。そして、久々の御馳走に舌鼓を打った。

後半は、ウイスキーの水割りに切り替えた。僕は、大分飲めるようになっていた。和気藹々で、話に花が咲いた。しかし、菊田さんのことには、誰も触れなかった。

「そろそろ、カラオケいきましょうか！　トップバッターは、山本君……」

「はい。福山雅治の桜坂お願いします」

躊躇する必要なし。ほろ酔い気分で楽しく歌った。

「山本君、うまいじゃないか。どうしたの？」

僕は、元々音楽が好きだ。しかし歌うのは苦手と、勝手に決めていた気がする。休みの時にギターを弾きながら、好きな歌を歌ってみた。伴奏をよく聴いて歌うと、わりとうまく歌えた。今は弾き語りが好きだ。歓迎会の時のカラオケは散々だった。忘年会でもきっと歌わされると思い、練習した。今日は、少し名誉挽回できただろうか。

僕が、カラオケの口火を切ると、後は止まらなかった。所長と後藤主任は、コンパニオンと何度もデュエットした。橋本さんの演歌は、本格的だった。僕は、カラオケの操作係りに徹した。

寝る前に、もう一度風呂に入った。橋本さんが先に入っていた。

「良い湯ですね」

「ああ……山本君」

「はい」

「私はあと一年半で定年だが、山本君にバトンタッチできるから、安心している。山本君が城南営業所に入ってくれて、良かったと思っているよ」

「ありがとうございます」

「それじゃ、先に上がるから」

「私は、もう少し……」

後日、橋本さんとファーストパーツの試作品について、打ち合わせをした。

「山本君、超硬合金は、タングステンカーバイトを、コバルトでつないだ組成になっているんだ。コバルトが、バインダーになっている。このことは前に説明したね」

「はい」

「超微粒子というのは、この写真のように、それらが非常に微細な状態になっている。今度はこの表を見てくれ。一般品に比べてコバルトが多いのに、硬度が高い」

「そうですね。つまり、靭性があるということですか」

「そうだよ。従来に比べて、耐摩耗性が著しく向上する。それから、粒子が微細だということは、刃物にした場合、刃先は凹凸のない直線に限りなく近づく。切れ味が格段に良くなる」

「なるほど……切れ味が良くなって、寿命も延びますね」

「今回のカッターは、刃先の再研磨ができるから、コスト的にも有利だと思うよ」

通常、製作納期は三週間以上かかるが、橋本さんは、特別に二週間で完成するよう加工先に手配した。そして、費用も加工先で持ってもらえるよう交渉してくれた。すぐにファーストパーツの生産技術課の佐藤主任へ、当社の提案は、カッターの材質を超微粒子タイプの超硬材にすること。そして、その材質で試作品を製作して提出することを文書にして、超微粒子の資料と一緒にFAX回答をした。後から電話すると、佐藤主任は試作品の完成を楽しみにしていると、とても喜んでいた。

その試作品は、予定どおり二週間後に完成した。

数日前、資材の八巻さんを通じて生産技術の佐藤主任へ、アポイントを申し込んでいた。アポイントは、午前十時。朝の渋滞がひどくなっていたので、約束に遅れないよう、今日は六時四十五分に家を出た。まだ暗かった。十二月になると、早朝の出発はさすがにきつい。寒さが身に沁みる。

朝早い時の朝食は、コンビニのおにぎりやパンですませる。ファーストパーツへの道は、すっかり慣れた。

『宮城県平野部の今日は、北西の風が強く、のち西の風になり、朝晩雪が降るでしょう。雪の確率午前午後を通して、四十パーセント。山沿いの今日は、北西の風が強く雪が降るでしょう。雪の確率午前午後を通して、六十パーセント。今日の仙北市は、最低気温氷点下一度。今日の予想最高気温二度……』

今日も、寒い一日だ。気象情報とニュースを聞いて、ラジオのチャンネルを替えた。

ファーストパーツへ着くと、八巻さんが駆け足でやってきた。

「山本君、ごめんなさい。佐藤が急な会議になってしまって、さっき電話したら直行で出掛けたと言われて……佐藤からは、試作品を預かっておくように言われたわ」

「は、はい。そうですか……これなんですが、試作品の評価よろしくお願いします」

試作品のほかに、借りていた現品と図面を返却した。

「午後から試作品を使ってみると言ってたわ。今まで一週間で切れなくなっていたから」

「そうですか。それではまたまいりますので、佐藤主任へよろしくお伝え下さい。ありがとうございました」

佐藤主任に会えず残念だが、要はこの次の試作経過確認が重要だ。二週間後また来ることにしよう。そうするともう年末だ。


僕は、さらに十五社得意先を担当することになったので、後藤主任や井上さんと引継ぎをしている。営業所では、入庫作業や出庫作業もしているので毎日が忙しくなった。年末の慌しさがあった。また、今年は雪が多い。十二月に、仙北市内に雪が積もるのは珍しい。十年振りだそうだ。スタッドレスタイヤを履いているが、雪降りの日の営業活動は怖かった。

ファーストパーツへ連絡すると、八巻さんは佐藤主任から指示されていたのか、十二月二十八日の午前中であれば都合が良い、ということですぐに日程が決まった。

当日、佐藤主任に面談すると、

「カッターの試作品は、経過良好です。そこで、量産試作を十二個でやりたいと思います。これは、購入しますので早速手配して下さい。見積金額と、納期を年明けで良いですから、回答お願いします」

と初めて受注した。

「それに、刃先の再研磨の見積もりを出して下さいね。山本さん、それから、これは急ぎませんが、別途百二十個、二百四十個の場合で量産見積もりも検討しておいて下さい」

「ありがとうございます」

手帳にメモしながら、今まで感じたことのない気持ちが湧いてきた。充実感というのだろうか、達成感というのだろうか、感動していた。

打ち合わせを終えて、応接室を出ると八巻さんが倉庫のほうへ行くところのようだ。八巻さんに、今日の打ち合わせの内容を簡潔に話した。それから、握手を求めると笑って応えてくれた。

「八巻さん、良いお年をお迎え下さい」

「山本君もね……」

「八巻さん、今度飲みに行きましょう」

「ありがとう」

「それじゃ、失礼します。ありがとうございました」

あっ、雪が降ってきた。今年は、いろいろあったなあ。

午後から、営業所の大掃除をすることになっていた。

僕は、逸る気持ちを抑えながら帰り道を急いだ。

著者プロフィール

佐野 力（さの ちから）

昭和29年8月生まれ。駒沢大学経済学部卒
ビジネスコンピューター販売会社、機械部品商社を経て、
現在、ファインセラミックスメーカーに勤務

新人営業マン奮戦記

2002年8月15日　初版第1刷発行

著　者　佐野 力
発行者　瓜谷 綱延
発行所　株式会社 文芸社
〒160-0022　東京都新宿区新宿1-10-1
電話　03-5369-3060（編集）
03-5369-2299（販売）
振替　00190-8-728265
印刷所　図書印刷株式会社

ISBN 4-8355-4207-X C0093